VALENTIN CHAMPENOIS

OUVRIER BONNETIER

LOISIRS

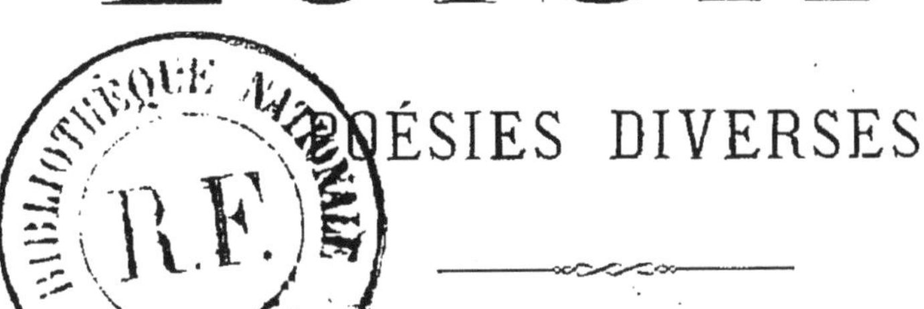

POÉSIES DIVERSES

Le Vote populaire en 1869. — Garibaldi à Mentana

Prix : 40 centimes

Envoi contre *timbres-poste.*

PARIS

EN VENTE CHEZ L'AUTEUR

40, rue Jacob, 40

—

1877

VALENTIN CHAMPENOIS

OUVRIER BONNETIER

LOISIRS

POÉSIES DIVERSES

Le Vote populaire en 1869.— Garibaldi à Mentana

Prix : 40 centimes

Envoi contre *timbres-poste.*

PARIS

EN VENTE CHEZ L'AUTEUR

40, rue Jacob, 40

1877

LE VOTE POPULAIRE EN 1869 [1]

Un grand peuple aujourd'hui debout dans ses comices,
Doit prononcer l'arrêt qui fera son destin !...
— Chut!... taisez-vous, ô rois, il a connu vos vices!..
Craignez! craignez pour vous l'oracle du scrutin!
Fils aîné du Très-Haut, ô peuple magnanime,
Du sublime Occident grand initiateur,
Toi qui ne connus point l'esprit pusillanime,
De toute pression affranchis l'Électeur.

Que jamais le préfet ni le garde champêtre,
Ni le maire lui-même, encor moins le curé,
N'imposent nulle part leur belle façon d'être.

(1) Cette pièce fut composée en 1869, la veille même des élections générales.

Leur ascendant! hélas! trop longtemps a duré.
Le peuple désormais ne veut plus de tutelle
Et prétend à son gré : marcher, aller, venir.
Il repousse instamment toute attache officielle,
A lui de commander, aux autres d'obéir !...

Mais quoi ! n'est-ce qu'en vain que sans cesse on t'in-
Toi devant qui les rois feignent de s'incliner! [voque,
O peuple généreux, tout n'est-il qu'équivoque,
Triste ambiguité, moyen de gouverner ?...
C'est ainsi que souvent une *auguste parole* (1),
Hautement proclama les droits du citoyen.
Cependant que plus bas, électeur bénévole,
De diriger ton vote on trouva le moyen !...

Puissante nation, soi-disant souveraine,
Tu le seras de fait quand, connaissant tes droits,
Tu sauras commander en véritable reine,
Et par ton attitude imposer à tes rois.
France! parmi tes sœurs dans le passé si grande,

---

(1) Quoique soulignés, ces mots : *auguste parole*, hurlent ici, je le sais; mais, outre les exigences de la rime, il y a l'exigence des situations; de très bons esprits se sont servis d'expressions semblables, et d'ailleurs des hommes de très haut mérite, ont malgré leur répugnance, acceptant la députation, prêté le serment préalable imposé par celui-là même qui avait trahi son serment et qui, plus tard, hélas! devait nous mener à Sedan!

Secoue, il en est temps, ce pénible sommeil.
L'Occident anxieux, justement appréhende,
Et dans l'angoisse attend ton glorieux réveil!!!

Mais si de nos aïeux nous aimons la mémoire.
Imitant leurs vertus, suivons d'autres chemins.
A la guerre ils ont su commander à la gloire;
Aux bienfaits de la paix convions les humains.
Que dûment affranchi, le vote populaire
Devenu vérité engendre l'union;
Qu'il soit pour le pouvoir un frein très nécessaire,
Et le palladium de chaque nation!

GARIBALDI A MENTANA [1]

L'on a chanté les rois, les empereurs...
— Fiers conquérants, résidu d'imposture,
Des nations farouches oppresseurs,
Pour vous aussi se suspend la césure!...
Même à l'autel où son dieu s'est donné,
L'on vit le prêtre, abusant du mystère,
Vous prodiguer un encens profané...
Voici! ... voici les enfants de la terre.

Qui chantera des peuples le héros ?...
Eh ! qui pourrait d'une voix assez pure,
En un récit célébrer ses travaux
Et déifier cette grande figure?
Mais la Légende et la Tradition

(1) Cette pièce fut composée en 1867, dans l'actualité même et sous l'impression des événements.

Ont su déjà jusqu'aux confins du monde
Proclamer, haut, dans chaque nation,
Son nom, sa gloire, éminemment féconde !

Je t'ai nommé, vaillant Garibaldi!
Des vieux abus redoutable adversaire,
De qui le cœur par Dieu même enhardi,
Convie un peuple à la plus sainte guerre.
Oui! tel on voit le Nil, majestueux,
Avec ses flots répandre l'abondance,
Tel on a vu ton bras victorieux
Semer au loin la paix, l'indépendance !

Si autrefois sur l'esprit ténébreux
S'appesantit la divine puissance,
Ne doute point, la valeur de tes preux,
Sous l'œil des cieux marche à la délivrance :
Le Tout-Puissant, Dieu du faible et des forts,
Qui du Malin sut confondre l'audace,
Peut et saura, redressant d'autres torts,
Des oppresseurs pulvériser la race.

. . . .

. . . .

Brave Italien, ta : « Rome » a tressailli,
Ses murs ont vù paraître le grand Homme !
A son aspect, le Pontife a pâli.
A son appel ! Rome ! redevient Rome !!

Ce cœur ému sut réchauffer les cœurs,
Il vous unit ! ô joie ! ô douce ivresse !!!
Revivre ensemble !! après tant de malheurs.
Après l'enfer l'indicible allégresse !!!

. . . .
. . . .
. . . .
. . . .

Mon Dieu ! mon Dieu ! tu fus sourd à la voix
Qui, douloureuse, éleva du Calvaire
Un cri plaintif expirant sur la croix.
Le Golgotha demeure sur la terre.
Eh quoi ! mon Dieu ! le meilleur des humains
De son pays voulant servir la cause,
Tenait déjà la victoire en ses mains,
Quand, ô Seigneur ! autrement tu disposes.

O Mentana ! fatal événement !...
Sang précieux versé pour la patrie !
Ah ! puisses-tu donner l'apaisement
Si nécessaire à ta belle Italie !
Du haut des Cieux, ô glorieux martyrs !
Faites tomber l'olivier, doux symbole,
Sur terre il fut l'objet de vos désirs !...
Oui ! la paix ! certe eût été votre idole !

Garibaldi, grand citoyen ! grand cœur !
Du grand Hugo que n'ai-je point la lyre !

Par mes accents partageant ta douleur,
Je vengerais le héros que j'admire!
Espère encor, car un jour ton drapeau
Fendant la nue, en dépit de l'étole,
Doit, consacrant enfin l'ordre nouveau,
Majestueux, flotter au Capitole !!! (1)

---

(1) Le drapeau de l'Unité italienne qui, aujourd'hui, en effet, flotte au Quirinal.

EAUIETTE

NOTICE

Eauiette est un endroit des plus agréables de l'Argonne, quoiqu'un peu resserré dans une gorge débouchant sur la riante et très délicieuse vallée de la Biesme, à deux cents pas de Vienne-le-Château (Marne). Là se trouve, le troisième jour de sa fête patronale (qui a lieu le dimanche qui suit le 29 juin), la population tout entière de cette jolie petite ville; les jeunes gens y installent un bal, tandis que les papas et les mamans, qui ont apporté ce qu'il faut pour manger et boire, font rafraîchir dans une eau de cristal un vin généreux et pétillant. Alors chacun s'installe de son mieux sur l'herbe, et le festin commence; puis, tandis que les uns continuent la danse, d'autres boivent, chantent ou se promènent dans les taillis, et la journée se passe ainsi très joyeusement. Enfant de ce beau pays, j'ai assisté moi-même à ces divertissements champêtres, où règne la cordialité la plus franche; c'est pourquoi j'ai voulu en consacrer le souvenir. Heureux si mes vers, tels qu'ils sont, pouvaient plaire à mes compatriotes!

Quant à l'étymologie du mot Eauiette, je penche à croire qu'il est le diminutif d'eau, à cause des sources très vives, mais peu abondantes qui se trouvent en ce lieu délicieux.

EAUIETTE

Garçons et fillettes,
Fêtons ce beau jour,
Partons pour Eauiette,
Guidés par l'Amour.

Là, sous la charmille,
Sur le vert gazon,
La gaîté pétille,
Les ris, les chansons;
Là, mille fontaines,
Confondant leurs eaux,
Disent bas leurs peines
Aux petits ruisseaux.

Garçons et fillettes,
Fêtons ce beau jour,
Partons pour Eauiette,
Guidés par l'Amour.

A ce doux murmure
Mêlons nos soupirs,
Car cette onde pure
Invite aux plaisirs.
Joyeux sur la rive,
Marchant deux par deux,
Passons gais convives
Les instants heureux !!

Garçons et fillettes,
Fêtons ce beau jour,
Parcourons Eauiette,
Guidés par l'Amour.

Mais chaque famille
Arrive soudain,
Ouvrons le quadrille,
Allons vite en train!
Mais sous le grand hêtre
Le vin coule à flots.
Un repas champêtre
Rendra plus dispos.

Garçons et fillettes,
Fêtons ce beau jour,
Célébrons Eauiette,
Le vin et l'Amour.

Qu'en ce jour de fête,
Le jus du raisin
Échauffe nos têtes,
Inspire un refrain;
Puis que l'on s'entr'aime.
Vous, jeunes beautés,
Agissez de même,
Ayez des bontés !!

Garçons et fillettes,
Fêtons ce beau jour,
Célébrons Eauiette,
Bacchus et l'Amour.

A travers l'Argonne
Engageons nos pas,
Léa, ma mignonne!
— Viens! n'hésite pas!...
Frais est le feuillage.
Mais j'admire des dieux
Un plus bel ouvrage :
Ce sont tes beaux yeux!

Garçons et fillettes,
Fêtons ce beau jour,
Célébrons Eauiette,
Vénus et l'Amour.

De cette journée
Ayons souvenir !!!
— Léa ! — l'hyménée
Est mon seul désir !...
Mais le crépuscule
S'abaisse sur nous,
Partons sans scrupule.
Ohé ! partons tous.

Garçons et fillettes,
Quittons ce séjour,
Quittons tous Eauiette,
Gardons notre amour.

MON VILLAGE

Je songe à toi, village de Champagne:
Je vois sur ton gazon fleuri
Le pas léger de ma belle compagne,
Je vois son visage chéri !
Je me souviens de ta : « grande garenne, »
Léger rideau sur l'horizon ;
Je vois s'étendre au loin la vaste plaine,
J'entends des oiseaux la chanson.

Je vois encor là-bas, le monticule
  Tout près du grand moulin à vent,
Où tous petits, mon adorable Idule,
  Nous nous trouvâmes si souvent !!
Vu de ce point, notre charmant village
  Offre un aspect délicieux,
Demi-caché sous le riant feuillage
  D'ormeaux, de marronniers ombreux.

Chaque demeure, élégante et coquette,
  Offre une image du bonheur !
Là, chaque soir, par une chansonnette,
  Gaîment s'oublie un pénible labeur.
Elle était douce, Idule, la soirée !
  Lorsqu'aux rayons de tes beaux yeux,
Je contemplais ta personne adorée,
  Je me sentais l'égal des dieux !!!

Voici les champs et leur belle parure,
  Les fruits ! les fleurs ! le bon froment.
Don précieux que la riche nature
  Nous offrit gracieusement.
Autour de moi, la campagne embellie,
  Idule, emprunte à ta beauté !
Sous ton regard la fleur est plus jolie,
  Le soleil a plus de clarté !

J'irai revoir ce pays qui m'appelle ;
Là, je goûterai le bonheur,
Je reverrai ma compagne fidèle,
Qui seule a régné sur mon cœur.
Oui ! c'en est fait, adieu, ma belle ville ;
Chère Idule, j'accours vers toi !
Me donnât-on des palais pour asile ;
Non ! je ne veux rien que ta foi !

UN DINER DE GARÇONS

(Au Salon des Familles, Saint-Mandé)

Oui! sous ces arceaux splendides,
Mes amis, je suis heureux
De vous voir appuyés d'une santé solide,
En un mot, de vous voir bien dispos, bien joyeux !
Puisqu'une main bienveillante
Nous assemble aujourd'hui,
Ayons la verve gaie, alerte et pétillante !
Soyons tout à Bacchus, l'on n'est bien qu'avec lui.

A Comus rendons hommage !
Il est le dieu des festins ;
De la fatigue il sait réparer les ravages,
Et préparer nos bras pour des travaux prochains.

Une table bien servie
Peut très bien nous réjouir,
Car autrefois les dieux savouraient l'ambroisie,
Et de sages humains ont goûté ce plaisir.

La riante Chansonnette
Vient égayer nos instants ;
Sans honte et volontiers je lui fais la courbette,
Je m'efface et je cours ouvrir à deux battants.
Donc ! passons-nous la marotte !
Puis en avant la gaîté !
Puisque Ricard (1) veut bien nous chanter *la Marmotte*,
Buvons et folâtrons ; fi ! de l'austérité !

---

(1) Ricard est un camarade d'atelier, joyeux compagnon, qui, lors de nos réunions, chante toujours, et chaque fois avec un nouveau succès et à la satisfaction de tous, la charmante petite chansonnette ayant pour titre : *la Marmotte en vie.* Ceci soit dit à son bon souvenir et à celui de tout l'atelier, patron et personnel

UN SOUVENIR[1]

Oui ! c'est en vain, ô ma douce Marie !
Que je voulus vaincre ton souvenir.
En vain j'ai fui, j'ai changé de patrie.
Si loin de toi ! je me sens défaillir.
Comment te peindre, adorable sylphide,
Les maux sans nombre endurés chaque jour ?
Non ! sur la terre il n'est rien de solide ;
Mon seul bonheur eût été ton amour !

(1) Cette pièce, composée en 1867, est l'histoire, trop véridique, hélas ! de deux jeunes amants qui aboutirent à un double suicide.

Mais un abîme à jamais nous sépare;
D'autres serments t'engageront demain !
A ce penser, mon faible esprit s'égare;
Un autre, hélas! un autre obtient ta main !
Sur mon amour l'imposture l'emporte.
Les noirs complots ont un entier succès,
Et des bas lieux la sinistre cohorte,
Sur ton esprit a su trouver accès.

. . . .

Rends-moi ton cœur, enivrante maîtresse;
Il est à moi! ne l'ai-je point conquis ?
Jette un regard sur mon âme en détresse!
Par ton retour, rends-moi le paradis !
Ne sens-tu point que tu m'ôtes la vie,
Car c'est mourir que vivre loin de toi !
Ah! fais cesser ma trop longue agonie,
Fais-moi revivre en me rendant ta foi !

Autour de moi : le vide! le silence!
Faible soupir tu n'es point entendu.
Ah! je maudis, j'abhorre l'existence!
Bonheur, espoir, hélas! j'ai tout perdu!
O Dieu! qui vois ma profonde misère,
Daigne, ô Seigneur! daigne me secourir,

Rends-moi Marie, exauce ma prière!
Ah! la revoir! la revoir et mourir!!!

. . . .

. . . .

APOTHÉOSE

Ciel!!! se peut-il! ô prodige! ô merveille!
Dieu! qu'ai-je vu, vers les cieux s'élevant?
Une beauté, à la Vierge pareille,
Au doux regard, au front resplendissant!
Est-ce possible? Oui! c'est elle!!! O Marie!
Type admirable, éternelle bonté!
Oh! je t'entends! tu m'appelles à la vie!
Oui! je te suis! toute l'éternité!...

Juin 1877.

Paris.— Imp. Nouv. (ass. ouv.), r. des Jeûneurs, 14. — G. Masquin, direct.

PARIS. — IMPRIMERIE NOUVELLE (ASSOCIATION OUVRIÈRE)
14, RUE DES JEUNEURS.

www.ingramcontent.com/pod-product-compliance
Ingram Content Group UK Ltd.
Pitfield, Milton Keynes, MK11 3LW, UK
UKHW020450220726
13923UKWH00005B/2455